HISTOIRE COMIQUE ET TERRIBLE
DE LOUSTIC L'ESPIÈGLE

RACONTÉE AUX PETITS FRANÇAIS DE TROIS A SIX ANS

PAR TRIM

ET ILLUSTRÉE PAR BERTALL.

PARIS.
LIBRAIRIE DE L. HACHETTE ET Cie
RUE PIERRE-SARRAZIN, N° 15

HISTOIRE COMIQUE ET TERRIBLE
DE LOUSTIC L'ESPIÈGLE

RACONTÉE AUX PETITS FRANÇAIS DE TROIS A SIX ANS

PAR TRIM

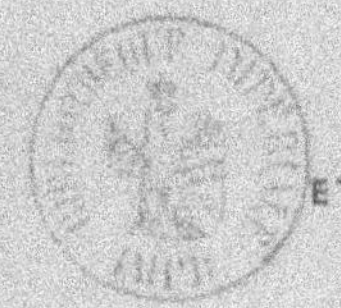

ET ILLUSTRÉE PAR BERTALL.

PARIS
LIBRAIRIE DE L. HACHETTE ET Cie
RUE PIERRE-SARRAZIN, N° 14
1861

I. LE CARACTÈRE DE LOUSTIC.

Loustic n'était pas un méchant,
Mais c'était un mauvais plaisant,
Un espiègle, plein de malice.
Du temps qu'il tetait sa nourrice,
Il la mordait ; elle criait,
Et le petit farceur riait.

II. LOUSTIC SE CACHE.

Il se cachait contre une porte,
Et quand sa mère à demi morte
L'avait longtemps cherché partout,
Loustic paraissait tout à coup
A sa pauvre mère effrayée,
Riant à gorge déployée.

III. LOUSTIC FAIT LE LOUP.

Quelquefois le petit farceur,
Pour faire des peurs à sa sœur,
Imitait d'une voix atroce
Le cri d'un animal féroce,
Il courait sur elle, et hou! hou!
Il s'écriait : je suis le loup!

IV. LOUSTIC SE BARBOUILLE DE GROSEILLE.

Il se frottait jusqu'aux oreilles
La bouche de jus de groseilles,
Puis il poussait des cris de paon.

« Ahi ! je saigne !... » La maman
Accourt ; à peine elle respire,
Et l'espiègle éclate de rire.

V. LOUSTIC FAIT DES FARCES A TABLE.

A table il faisait dessous main
Des boulettes avec son pain,
Et puis il déclarait la guerre
Au nez de sa sœur, de son frère.
Quand on s'en plaignait, il riait,
Et quand sa mère lui disait :

« On ne lèche pas son assiette :
As-tu peur qu'il reste une miette ? »
Loustic farceur et fort gourmand
Léchait celle de sa maman.

VI. UNE FARCE QU'ON NE PEUT PAS DIRE.

Un autre jour en chattemite
Il s'approcha de la marmite
Qui bouillait auprès d'un bon feu ;
Et, qu'est-ce qu'il fait, ô mon Dieu?
Je n'oserai jamais l'écrire.
Tout ce que je puis vous en dire,
C'est que ce jour-là le bouillon
Fut trouvé mauvais, mais plus long.

VII. LOUSTIC FAIT TOMBER MONSIEUR POMPERNIC.

Un autre tour du petit diable.
Un grand monsieur fort respectable,
En gants blancs, en grand tralala,
Était venu voir son papa.
Il allait s'asseoir sur sa chaise :
« Attendez donc, elle est mauvaise.

Attendez, monsieur Pompernic! »
S'écria le petit Loustic,
En tirant la chaise en arrière.
Le grand monsieur tomba par terre
En saluant les pieds en l'air;
Et Loustic s'en alla tout fier.

VIII. LOUSTIC DE PLUS EN PLUS TERRIBLE.

Le monsieur, faisant la grimace,
S'était pourtant remis en place.
Loustic revient en tapinois,
Et, soulevant avec ses doigts,
La majestueuse perruque
Dont le monsieur couvrait sa nuque :
« Oui, ma foi ! c'est vrai ! ses cheveux
Peuvent s'ôter, » dit le morveux.
Le monsieur rougit, et la mère
Fait signe à Loustic de se taire.
Mais l'espiègle continua :
« Tu disais toi-même à papa
Qu'on pourrait sans beaucoup d'adresse
Démonter monsieur pièce à pièce. »
Monsieur Pompernic, en effet,
Partit démonté tout à fait.

IX. AVENTURE DE LA CASSEROLE QUI RESTE A LA QUEUE DU CHAT.

Loustic, à la cuisine, un jour,
Prend une casserole au four
Et va l'attacher à la queue

Du chat, saisi d'une peur bleue.
La casserole résonnait
Au derrière de Gros-Minet,

Qui miaulait à perdre haleine.
La cuisinière Madeleine
Court après, l'atteint, mais ne peut
Venir à bout d'ôter le nœud.

Il fallut emporter ensemble
Casserole et Minet qui tremble
Et mettre le tout sur le feu.
Que va-t-il arriver, mon Dieu ?

X. LE CHAT FAIT SAUTER LES POMMES DE TERRE.

Le chat à côté de la braise
Se trémousse mal à son aise,
Et gigotant, se débattant
Avec la casserole au flanc,
Fait sauter les pommes de terre,
Ce qui ravit la cuisinière.

XI. LOUSTIC SONNE.

Drelin! drelin! quelqu'un qui sonne!
Madeleine va voir : personne !
C'était Loustic ! Vingt fois par jour
Il lui jouait ce vilain tour.
Il se pendait une heure entière
A la sonnette de sa mère,
Et quand pour rien on arrivait
Le petit espiègle riait.

XII. LE CHAT BRULÉ.

Madeleine rentre en grondant
Dans sa cuisine. En arrivant,
Quel spectacle s'offre à sa vue !
Elle en eut l'âme tout émue.
A force de bonds, d'entrechats,
Le plus infortuné des chats
A déplacé la casserole,
Et c'est lui-même qui rissole
Au milieu d'un charbon ardent.
Que faire en ce triste accident ?
« Un civet, pensa Madeleine,
Un civet de chat de garenne,
Pour du lapin on le prendra,
Et personne rien n'y verra. »
Gros-Minet, sort épouvantable !
Fut donc servi cuit sur la table,
Et le civet de chat sauté
De ce jour là fut inventé.

XIII. LOUSTIC COLLÉ A LA POMPE.

Jusqu'à présent tout allait bien,
Pour le joyeux petit vaurien.
Mais à force de rire on pleure,
Vous le verrez bien tout à l'heure.
Un jour, on était en hiver,
Loustic applique sur le fer
De la pompe sa langue rose,
En faisant, quelle absurde chose!
Le pari qu'il l'y laisserait
Cinq minutes. Ah! le pauvret,

Une minute est écoulée,
Et voilà la langue collée
Toute gelée au puits glacé.
Loustic y demeure fixé.
Hélas! il n'est plus à la fête.

Il voudrait retirer la tête :
Il ne peut pas! Son cou gonflé
Bleuit, il ahane essoufflé;
Son œil pleure; et, sur la margelle,
La langue et les larmes, tout gèle.

XIV. LOUSTIC EST DÉCOLLÉ.

Par bonheur on vint à son aide.
Madeleine arrosa d'eau tiède
La langue de l'écervelé,
Qui par ainsi fut décollé.
Il faisait un triste visage.
De sa langue il reprit l'usage,
Mais depuis lors il bégaya
Et le monde s'en égaya.

XV. LOUSTIC FAIT DES TOURS A L'ÉPICIER.

Malgré cette leçon terrible,
Loustic restait incorrigible.
Or çà, vous allez voir comment
Il perdit successivement
Pour quelque farce malhonnête,
Un œil, une oreille et la tête.
Chaque mauvais tour qu'il fera
Contre lui-même tournera.

Loustic aimait la confiture.
Or, chaque fois que d'aventure
Il passait près du magasin
D'un brave épicier son voisin,
Et tandis qu'ailleurs on regarde,
Il laissait comme par mégarde
Choir son pain dans le raisiné
Et le sortait bien tartiné
Si l'épicier tournait la tête,
Loustic lui tirait sa casquette,
Fort gravement le saluait,
Et puis en riant se sauvait.

XVI. LOUSTIC PERD L'OREILLE GAUCHE.

L'épicier doux et débonnaire
Plusieurs fois l'avait laissé faire;
Loustic eut tort de s'y fier.
Au nez du plus doux épicier
Finit par monter la moutarde
Un jour que Loustic se hasarde,
Et s'apprête à sortir du bain
De raisiné son petit pain,
L'épicier sur Loustic s'élance.
Il vous l'attrape, il vous le tance,
Secouant le pauvre garçon
D'une formidable façon,
Et dans sa rage sans pareille
L'étrille si bien, qu'une oreille,
L'oreille gauche du gamin
Finit par rester dans sa main.

XVII. LOUSTIC PERD UN ŒIL.

Quand une voiture passait,
Loustic après elle courait
Et puis se pendait par derrière;
C'était sa farce journalière.

Contre Loustic plus d'un cocher
Avait fini par se fâcher.
Un jour qu'il faisait son manège,
Collignon du haut de son siège

Lui fit présent d'un coup de fouet
Appliqué si dur et si droit,
Qu'un œil tiré de la cervelle
S'enlève au bout de la ficelle.
Pauvre œil! C'était comme un poisson
Qu'on aurait pris à l'hameçon.

XVIII. LOUSTIC SE COUPE LE COU.

Loustic n'a déjà plus — quel deuil!
Qu'une seule oreille et qu'un œil!
Et c'est encor le même espiègle.
Il prend un jour un pain de seigle.
Que va-t-il faire? Un mauvais tour,
Ainsi qu'il en fait chaque jour.
Sur son estomac il appuie
La miche de pain et parie
Que d'un seul coup de son couteau
Il va trancher ce gros morceau.
Tout le monde lui crie : « Arrête! »
Il rit et veut faire à sa tête.
Et le couteau du petit fou
Traverse le pain.... et le cou!

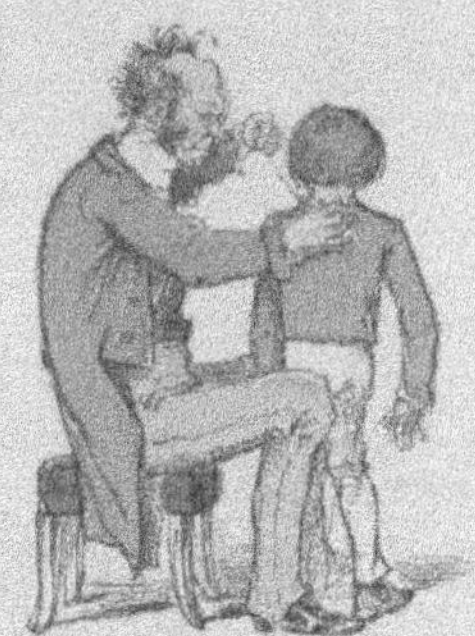

Un chirurgien pendant qu'il piaule
Lui remet la tête à l'épaule;
Mais toujours depuis ce coup-là
La tête de Loustic branla.

XIX. LOUSTIC SE MOUCHE LA TÊTE.

Une des farces de Loustic,
Quand il se mouchait en public,
Était de sonner la trompette
D'une façon fort indiscrète.
Il ne songeait pas, le vaurien,
Que son cou ne tenait plus bien.
Un jour qu'il fit la clarinette
En se mouchant dans sa serviette,
Il moucha si bien son nez sec
Qu'il se moucha la tête avec !

XX. LOUSTIC EST MORT.

Loustic mort, on le mit en terre
Et l'on grava dessus sa bière :

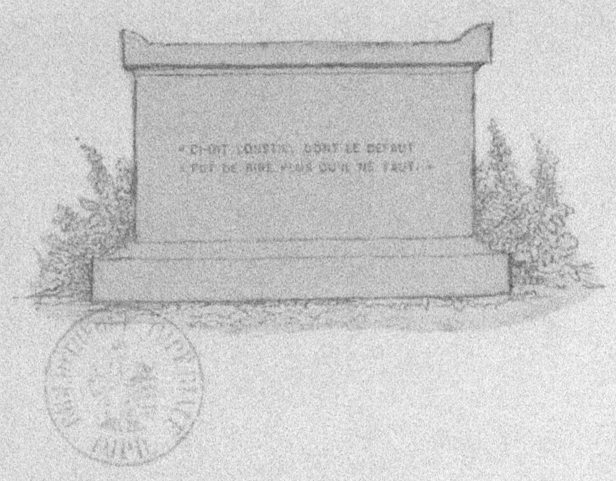

PARIS. — IMPRIMERIE DE CH. LAHURE ET Cie
Rues de Fleurus, 9, et de l'Ouest, 21

PARIS

IMPRIMERIE DE [illegible]

[illegible]

www.ingramcontent.com/pod-product-compliance
Ingram Content Group UK Ltd.
Pitfield, Milton Keynes, MK11 3LW, UK
UKHW021520260726
13993UKWH00004B/1781

9 782329 225043